Emmanuel Aquin

La piqûre de Brox

Illustrations de
Luc Chamberland

Inspiré de la série télévisée Kaboum,
produite par Productions Pixcom inc.
et diffusée à Télé-Québec

la courte échelle

Les éditions de la courte échelle inc.
5243, boul. Saint-Laurent
Montréal (Québec) H2T 1S4
www.courteechelle.com

Révision :
Nicolas Gisiger et André Lambert

Conception graphique de la couverture :
Elastik

Conception graphique de l'intérieur :
Émilie Beaudoin

Infographie :
Nathalie Thomas

Coloriste :
Marie-Michelle Laflamme

Dépôt légal, 1er trimestre 2008
Bibliothèque nationale du Québec

D'après la série télévisuelle intitulée *Kaboum* produite par Productions Pixcom Inc. et télédiffusée par Télé-Québec.

La courte échelle reconnaît l'aide financière du gouvernement du Canada par l'entremise du Programme d'aide au développement de l'industrie de l'édition pour ses activités d'édition. La courte échelle est aussi inscrite au programme de subvention globale du Conseil des Arts du Canada et reçoit l'appui du gouvernement du Québec par l'intermédiaire de la SODEC.

La courte échelle bénéficie également du Programme de crédit d'impôt pour l'édition de livres – Gestion SODEC – du gouvernement du Québec.

Catalogage avant publication de Bibliothèque et Archives nationales du Québec et Bibliothèque et Archives Canada

Aquin, Emmanuel

Kaboum

(Série La brigade des sentinelles ; t. 8)
Sommaire: t. 8. La piqûre de Brox.
Pour enfants de 6 ans et plus.

ISBN 978-2-89651-048-1

I. Chamberland, Luc. II. Titre. III. Titre: La piqûre de Brox.
IV. Collection : Aquin, Emmanuel. Série La brigade des sentinelles.

PS8551.Q84K33 2007 jC843'.54 C2007-942059-1
PS9551.Q84K33 2007

Imprimé au Canada

Imprimé sur Rolland Enviro 100, contenant
100% de fibres recyclées postconsommation,
certifié Éco-Logo, Procédé sans chlore, FSC
Recyclé et fabriqué à partir d'énergie biogaz.

Emmanuel Aquin

La piqûre de Brox

Illustrations de
Luc Chamberland

la courte échelle

Les Karmadors et les Krashmals

Un jour, il y a plus de mille ans, une météorite s'est écrasée près d'un village viking. Les villageois ont alors entendu un grand bruit : *kaboum !* Le lendemain matin, ils ont remarqué que l'eau de pluie qui s'était accumulée dans le trou laissé par la météorite était devenue violette. Ils l'ont donc appelée… *l'eau de Kaboum*.

Ce liquide étrange avait la vertu de rendre les bons meilleurs et les méchants pires, ainsi que de donner des superpouvoirs. Au fil du temps, on a appelé les bons qui en buvaient les *Karmadors*, et les méchants, les *Krashmals*.

Au moment où commence notre histoire, il ne reste qu'une seule cruche d'eau de Kaboum, gardée précieusement par les Karmadors.

Le but ultime des Krashmals est de voler cette eau pour devenir invincibles. En attendant, ils tentent de dominer le monde en commettant des crimes en tous genres. Heureusement, les Karmadors sont là pour les en empêcher.

Les personnages du roman

Magma (Thomas)

Magma est un scientifique. Sa passion : travailler entouré de fioles et d'éprouvettes. Ce Karmador grand et plutôt mince préfère la ruse à la force. Lorsqu'il se concentre, Magma peut chauffer n'importe quel métal jusqu'au point de fusion.

Gaïa (Julie)

Gaïa est discrète comme une souris : petite, mince, gênée, elle fait tout pour être invisible. Son costume de Karmadore comporte une cape verdâtre qui lui permet de se camoufler dans la nature.

Mistral (Jérôme)

Mistral est un beau jeune homme aux cheveux blonds et aux yeux bleus, fier comme un paon et sûr de lui. Son pouvoir est son supersouffle, qui lui permet de créer un courant d'air très puissant.

Lumina (Corinne)

Lumina est une Karmadore solitaire très jolie et très coquette. Elle est capable de générer une grande lumière dans la paume de sa main. Quand Lumina tient la main de son frère jumeau, Mistral, la lumière émane de ses yeux et s'intensifie au point de pouvoir aveugler une personne.

Xavier Cardinal

Xavier est plus fasciné par la lecture que par les sports. À sept ans, le frère de Mathilde est un rêveur, souvent dans la lune. Il est blond et a un œil vert et un œil marron (source de moqueries pour ses camarades à l'école). Xavier, qui est petit pour son âge, a hâte de grandir pour devenir enfin un superhéros, un pompier ou un astronaute.

Mathilde Cardinal

C'est la grande sœur de Xavier et elle n'a peur de rien. À neuf ans, Mathilde est une enfant un peu grande et maigre pour son âge. Sa chevelure rousse et ses taches de rousseur la complexent beaucoup. En tout temps, Mathilde porte au cou un médaillon qui lui a été donné par son père.

Pénélope Cardinal

Pénélope est la mère de Mathilde et de Xavier. Cette femme de 39 ans est frêle, a un teint pâle et une chevelure blanche. Elle est atteinte d'un mal inconnu qui la cloue dans un fauteuil roulant.

Les personnages du roman

Le maire

Gildor Frappier est le maire de la petite ville. Il habite seul avec ses deux chats dans une maison au bord de la rivière. C'est un homme tranquille qui aime le jardinage. Il ne ferait pas de mal à une mouche.

Shlaq

Ce terrible Krashmal s'habille comme un motard. Il est trapu et a la carrure d'un taureau – il a d'ailleurs un gros anneau dans le nez, et de la fumée sort de ses narines lorsqu'il est énervé. De ses mains émanent des rayons qui ont pour effet d'alourdir les gens : il peut rendre sa victime tellement pesante qu'elle ne peut plus bouger, écrasée par la gravité.

Fiouze

Fiouze est une créature poilue au dos voûté et aux membres allongés. Il ricane comme une hyène. C'est le plus fidèle assistant de Shlaq.

Brox

Ce Krashmal d'Allemagne n'est pas plus gros qu'une guêpe et il brille telle une inquiétante lueur rouge. Le minuscule Brox a un dard qui lui sert à injecter un venin dangereux : sous son effet, toute personne commence à agir méchamment ! Kourosh, le frère de Brox qui a un pouvoir similaire, a déjà eu maille à partir avec les Karmadors de l'épicerie Bordeleau (Kourosh est d'ailleurs prisonnier des Karmadors depuis).

Chapitre 1

Mistral marche le long de la rivière. On l'a forcé à se lever tôt ce matin pour partir à la recherche de Sacrack, la pieuvre krashmale dressée par Shlaq. Depuis plusieurs jours, les Karmadors de la brigade des Sentinelles arpentent l'un après l'autre les rives de tous les cours d'eau de la région pour retrouver ce monstre.

Aujourd'hui, c'est au tour de Mistral.

– You-hou ! Sale bête, où es-tu ? lance-t-il en direction de l'eau.

Mistral déteste les pieuvres, car elles

lui rappellent les araignées.

Le Karmador blond regarde le ciel nuageux:

– J'espère qu'il ne va pas pleuvoir, je ne veux pas être tout dépeigné!

Une petite lueur rouge, pas plus grande qu'une mouche, apparaît dans un bosquet. Ce point lumineux vole entre les branches, le long de la rive. Comme Mistral est concentré sur la rivière, il ne remarque pas cette présence inquiétante.

La lueur frôle Mistral et poursuit son chemin, incognito. Elle se dirige vers la maison du maire de la petite ville.

ϟϟϟ

À la ferme, Mathilde grimpe dans son arbre préféré, un vieux saule. Elle adore escalader les branches et faire l'écureuil. Surtout quand elle joue à cache-cache avec son frère, qui est trop petit pour monter dans le saule.

La fillette s'amuse à se pendre la tête en bas, retenue par les jambes. Elle aime bien cette sensation.

Mais tandis qu'elle laisse flotter ses

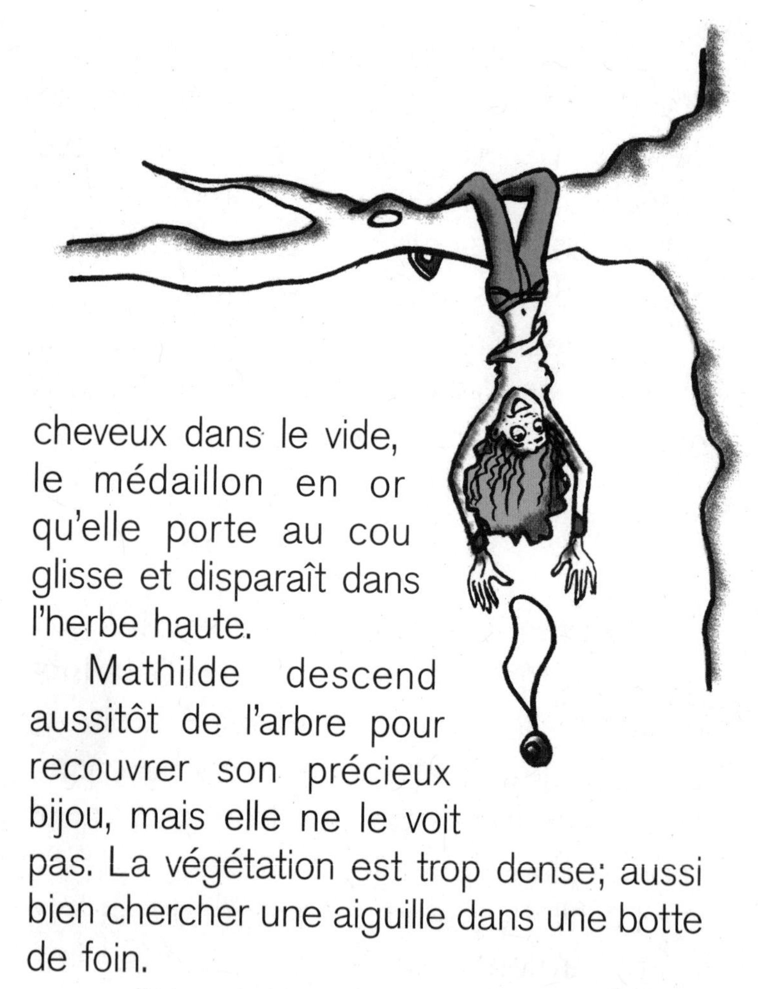

cheveux dans le vide, le médaillon en or qu'elle porte au cou glisse et disparaît dans l'herbe haute.

Mathilde descend aussitôt de l'arbre pour recouvrer son précieux bijou, mais elle ne le voit pas. La végétation est trop dense; aussi bien chercher une aiguille dans une botte de foin.

— J'ai perdu mon pendentif! hurle-t-elle.

⚡⚡⚡

Dans la maison du maire, qui sert de repaire secret aux Krashmals, Shlaq est en train de réparer la console de la salle de contrôle. À côté de lui, le robot qui remplace le maire a le regard vide :

– Tu est vraiment maladroit, stupide robot ! grogne la brute. Tu ne connais pas ta force !

– Maître Shlaq m'a demandé de passer le balai. Bzzt ! J'ai obéi aux ordres !

Le gros Krashmal crache de la fumée par les narines :

– Shlaq t'a dit de faire le ménage, pas de tout casser !

C'est alors que la mystérieuse lueur rouge se faufile dans la maison par une fenêtre entrouverte. Shlaq l'aperçoit aussitôt :

– Ah ! Voici la visite d'Allemagne !

La brute va accueillir le point lumineux et rugit en allemand:

— Bienvenue chez Shlaq, Brox!

Le Krashmal miniature vole autour de la tête de son hôte. Puis il va se poser sur la table de la cuisine. Il brille d'un rouge sang.

ϟϟϟ

À la ferme, Gaïa, la Karmadore qui parle aux plantes, arrive au pied du saule pour aider Mathilde à retrouver son médaillon.

– Il est tombé par là, mais il a peut-être roulé plus loin! s'affole la fillette.

Gaïa est intriguée:

– Tu as l'air bien désemparée; il ne s'agit que d'un simple bijou perdu.

Mathilde se raidit:

– Ce n'est pas un simple bijou! C'est un médaillon de famille vieux de plusieurs générations! Mon père me l'a donné avant de... partir.

La Karmadore sourit:

– Je ne savais pas que tu y tenais autant. Ne t'inquiète pas, je vais le retrouver.

Gaïa agite ses antennes en direction du sol:

– Bonjours, mes amis, je m'appelle Gaïa et ma copine a perdu son pendentif. Pouvez-vous nous aider?

Les brins d'herbe répondent tous en chœur:

— Oui !

L'herbe n'est pas une espèce végétale très évoluée, elle ne peut s'exprimer que par « oui » ou par « non ». Gaïa se penche pour mieux lui parler :

— Est-ce que le médaillon est prêt d'ici ?

— Non !

— Est-ce qu'il a roulé plus loin ?

— Oui !

— Dans cette direction ?

— Oui !

La Karmadore retrouve le bijou. Elle le remet à Mathilde, qui pousse un grand soupir de soulagement.

— Merci ! Je ne sais pas ce que j'aurais fait sans toi ! lance la rouquine en serrant Gaïa dans ses bras.

ϟϟϟ

Dans la cuisine de la maison du maire, Shlaq négocie en allemand avec Brox:

— Tu es très exigeant! lance la brute.

Le Krashmal miniature répond avec sa petite voix. Shlaq rugit:

— D'accord, d'accord, marché conclu. Si tu collabores avec Shlaq, nous aiderons ton frère Kourosh à s'évader de la prison spéciale des Karmadors.

Brox grogne de satisfaction.

— Et maintenant, au travail! Shlaq a besoin de toi pour anéantir les Sentinelles!

Le Krashmal lumineux tourne dans la cuisine comme un insecte maléfique.

Puis il sort par la fenêtre pour s'envoler en direction de la ferme.

ϟϟϟ

Au bord de la rivière, Mistral poursuit ses recherches sans grande conviction.

– J'aimerais mieux m'entraîner dans le gymnase que de perdre mon temps ici, moi!

C'est alors que le Karmador reçoit une grosse goutte de pluie sur le nez. Puis une autre. Puis une autre. Une lourde averse commence à tomber.

– Aïe! Cette pluie est glacée! Il me faut un parapluie!

Mistral fait demi-tour et court vers la ferme.

Chapitre 2

À la ferme, Magma regarde la pluie par la fenêtre du salon tandis qu'il reprise un genou de son uniforme, déchiré lors de la dernière mission où il a affronté Shlaq. Pénélope est à côté de lui, dans son fauteuil roulant. Elle lit un livre d'histoire sur les Vikings.

– Cet ouvrage contient plusieurs erreurs, signale-t-elle. Les historiens connaissent mal la véritable histoire de la découverte de notre continent.

Magma sourit:

— C'est peut-être parce qu'ils ne font pas partie d'une longue lignée de shamanes qui, comme toi, ont aidé les Karmadors à travers les âges.

Pénélope pose son livre :

— Dommage que je ne puisse pas révéler certains de mes secrets. Je suis sûre que les gens seraient très intéressés par ce que je sais.

— Nous les premiers ! s'exclame Magma.

Pénélope lève un sourcil :

— Ne t'inquiète pas. Tu en sauras plus un jour. Tu es encore jeune !

Elle quitte le salon pour aller au sous-sol ranger ses vieilles boîtes de livres.

ϟϟϟ

Brox vole entre les gouttes de pluie. Il approche de la ferme à grande vitesse.

Les détecteurs du quartier général

des Sentinelles ne le remarquent pas. Il est tellement minuscule qu'il passe pour un insecte.

La petite lueur rouge s'élève jusqu'au toit du quartier général. Elle se faufile par la cheminée.

ϟϟϟ

Mistral entre dans la maison, tout dégoulinant. Magma est surpris de le voir rentrer si tôt:

— Tes recherches sont terminées? As-tu déniché Sacrack?

Le Karmador blond soupire:

— Non, pas de signe du monstre. Est-ce que je peux continuer après la pluie? Je n'ai pas le goût d'être trempé.

— Mets un imperméable et retourne à la rivière. Nous avons chacun nos tâches à accomplir, et tu ne fais pas exception.

Mistral regarde son chef, déçu:

— Tu as vu le temps? Il pleut tellement que les poissons peuvent nager dans les airs!

Soudain, Brox émerge discrètement de la cheminée, derrière Magma. Personne ne le remarque tandis qu'il longe le mur et contourne un fauteuil.

La lumière rouge vole derrière la nuque de Mistral. Le Krashmal pique le Karmador tel un moustique.

— Aïe! crie le grand blond en se prenant le cou.

Magma fronce les sourcils:
– Que se passe-t-il encore?
– Une bestiole m'a piqué!
– Mistral, tu es un Karmador, nom de

nom! Arrête de te plaindre et aide-nous à retrouver Sacrack! C'est un ordre!

Quelque chose change dans le regard de Mistral. L'effet de la piqûre de Brox se fait sentir.

— Je n'ai pas le goût d'y aller. Vas-y, toi, si tu veux. Moi, je préfère m'entraîner.

Magma n'en revient pas:

— Je viens de te donner un ordre!

— Je m'en fiche. Je vais au gymnase!

Le Krashmal miniature pique Magma, puis s'envole au-dessus de l'escalier.

ϟϟϟ

Dans la chambre de Mathilde, Xavier est en train de battre sa sœur aux dames.

— Comment fais-tu? demande la fillette, découragée.

Xavier rigole:

— Je me concentre sur la partie. Toi, tu penses à autre chose. Je suis sûr qu'en

ce moment tu t'imagines dehors!

Mathilde soupire: Xavier a raison. S'il ne pleuvait pas, elle serait en train de jouer au ballon.

Brox entre dans la chambre en passant sous la porte. Xavier le remarque immédiatement:

— Tiens, une luciole rouge!

Le Krashmal ne perd pas de temps: il vole directement sur Mathilde et la pique au bras.

— Aïe! La luciole m'a piquée! lance la fillette.

Soudain, Mathilde fixe son frère:

— Si tu gagnes toujours aux dames, c'est parce que tu es un tricheur!

Xavier recule devant cette fausse accusation:

— Moi? Ça ne va pas? Aïe!

Brox le pique au mollet. Aussitôt, le garçon devient méchant:

— Si je te bats si facilement, la Citrouille, c'est parce que je suis plus intelligent que toi!

Satisfait, Brox regagne le salon tandis que les enfants commencent à se quereller.

Dans le salon, Magma et Mistral ont haussé le ton. Ils crient tellement fort que Gaïa et Lumina viennent voir ce qui se passe:

— Tu es un flanc-mou! crie Magma.

— Si tu continues, je te flanque une raclée! répond Mistral, menaçant.

Gaïa intervient:

— Du calme! Que se passe-t-il? On dirait deux enfants qui se disputent dans une cour d'école!

Brox, qui assiste à la scène, est content de son travail. Puis il fonce vers Gaïa et la pique. La Karmadore aux antennes réagit aussitôt :

— Magma, tu es un mauvais chef ! Tu n'es pas capable de te faire respecter ! Et toi, Mistral, tu es un gros bébé !

Lumina est surprise de voir ses collègues être aussi agressifs :

— Vous êtes tous devenus cinglés ? Aïe !

Brox vient de la piquer elle aussi. Lumina se raidit :

— Maintenant je comprends pourquoi je ne voulais pas joindre cette équipe d'incompétents !

ϟϟϟ

À l'étage, Xavier s'est enfermé dans

sa chambre. Il fouille dans une boîte sous son lit. Il s'empare de sa poudre à gratter et de son pistolet à eau. Mathilde cogne à sa porte en criant:

– Ouvre-moi, petite peste! Je vais t'apprendre à m'appeler la Citrouille!

ϟϟϟ

Dans le salon, tous les Karmadors parlent en même temps. C'est la chicane généralisée.

Attirée par le bruit, Pénélope remonte du sous-sol par le petit ascenseur. Elle a peine à croire ce qu'elle voit:

– Que vous arrive-t-il? On dirait que vous êtes sous l'emprise d'un mauvais sort!

Brox, qui vole près du plafond, fonce sur Pénélope et la pique.

– Aïe!

Le Krashmal lumineux ricane tandis que tout le monde crie et se lance des injures. Puis Brox se faufile dans le foyer et quitte la maison par la cheminée. Mission accomplie!

Chapitre 3

Dans la maison du maire, Fiouze prépare un pâté de sangsues au fromage vert pour Shlaq.

Brox entre par la fenêtre de la cuisine. Fiouze sursaute en voyant la petite lumière rouge:

– Au sssecours! Une abeille diabolique!

Le Krashmal poilu tente d'écraser Brox avec sa spatule. Shlaq rugit:

– Arrête, pauvre cloche! C'est Brox! Il travaille pour Shlaq!

Fiouze se calme tandis que Brox l'insulte en allemand.

— Votre altessse ne m'avait pas dit que nous avions de la visite.

— Shlaq te dit ce qu'il veut, stupide assistant!

La grosse brute se tourne vers le Krashmal miniature:

— Alors? Est-ce que les Sentinelles se disputent?

Brox acquiesce. Shlaq éclate d'un rire mauvais:

— Ha! Ça leur apprendra à tenir tête à Shlaq! Et maintenant, il est temps de leur rendre visite! Fiouze! Donne à manger à Shlaq tout de suite!

Pour se venger de l'avoir presque écrasé avec sa spatule, Brox pique Fiouze aux fesses. L'effet est instantané; Fiouze se tourne froidement vers son maître:

– Je ne sssuis pas votre esssclave. Et arrêtez de m'insssulter. Vous n'êtes pas plus malin que moi ! Tous vos plans contre les Sssentinelles ont échoué jusssqu'à maintenant !

Shlaq crache un nuage de fumée noire en se levant de sa chaise :

– Comment oses-tu parler à Shlaq ainsi ?

Fiouze laisse tomber sa spatule et

enlève son tablier de cuisine :

— Je démisssionne ! Trouvez-vous un autre asssissstant !

Le Krashmal velu part en claquant la porte.

ϟϟϟ

À la ferme, Lumina fait sa valise en pestant contre ses collègues :

— Quelle bande de clowns ! Je n'aurais jamais dû accepter leur invitation ! Je serai bien mieux toute seule !

Gaïa l'observe depuis la porte :

— Alors tu t'en vas ? Parfait ! Ça va libérer la salle de bain ! Je commençais à être fatiguée de toujours attendre après toi. Tu passes des heures à te regarder dans le miroir ! Tu es une vraie princesse !

Lumina se tourne vers Gaïa :

— On voit bien que tu ne restes pas

longtemps devant la glace, ma chère. Avec des cheveux comme ça, moi, j'aurais honte de sortir en public!

Dans le corridor, derrière Gaïa, Mathilde se roule par terre en se grattant partout et en hurlant:

– Attends que je t'attrape, Xavier!

⚡⚡⚡

Dans un boisé, loin du repaire des Krashmals, Fiouze s'assoit au pied d'un arbre. Il est bouillant de rage. Dans ses veines coule le venin de Brox.

— Sssaleté ! Je me sssuis dévoué toutes ces années pour rien ! Persssonne ne m'apprécie à ma jussste valeur !

⚡⚡⚡

À la ferme, Lumina claque la porte et embarque dans sa voiture. Elle démarre en faisant crisser les pneus et disparaît sur la route. Sur le perron, son frère la regarde s'éloigner en s'exclamant:

– Bon débarras! Et ne reviens pas de sitôt!

Le Karmador blond descend les marches et quitte la ferme à son tour. N'ayant pas d'auto, il part à pied en pestant contre la pluie.

Au même moment, Gaïa sort de la maison par la porte arrière. Elle s'en va faire une marche dans le bois. Elle a besoin d'être seule parmi ses amies les plantes pour se calmer...

Magma se retrouve dans le salon, épuisé d'avoir crié. Il ressent en lui une rage inexplicable. Il s'empare d'un petit totem de bois, posé sur le foyer, et s'apprête à le jeter par terre lorsque la voix de Pénélope l'interpelle :

— S'il te plaît, ne le casse pas. C'est un cadeau de ma grand-mère.

Le Karmador lance un regard dur à la femme en fauteuil roulant :

— Tu n'as pas à me donner d'ordres ! C'est moi, le chef !

Pénélope tient une tasse sur ses genoux. Elle secoue calmement la tête :

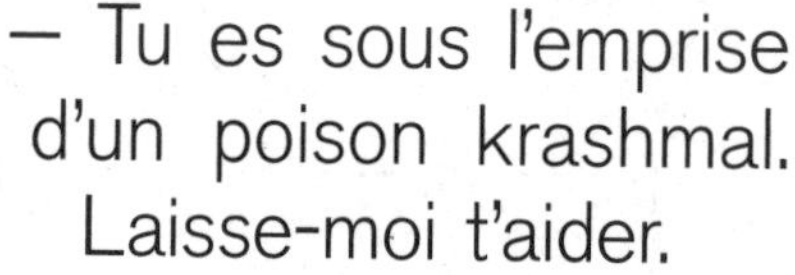

— Tu es sous l'emprise d'un poison krashmal. Laisse-moi t'aider.

— Et pourquoi j'aurais confiance en toi ?

— Parce que je suis immunisée contre les pouvoirs des Krashmals. Et que je viens de concocter un antidote.

ϟϟϟ

Dans le bois, Gaïa marche d'un pas lourd. Elle piétine tout sur son passage :

– Ouille ! Faites attention ! lui dit un champignon.

Gaïa l'ignore et continue son chemin.

– Non ! crient les brins d'herbe tandis qu'elle les aplatit.

– Arrêtez de vous plaindre ! rétorque la Karmadore. Je passe mon temps à prendre soin de vous. Vous devriez me remercier !

C'est alors que Gaïa remarque Fiouze,

plus loin, assis au pied d'un arbre. Sans hésiter, la Karmadore court à la rencontre de son ennemi. Elle a des comptes à régler avec lui!

ϟϟϟ

À la ferme, Pénélope fixe intensément Magma:

— Le moustique lumineux qui a piqué tout le monde était un Krashmal. Il m'a attaquée, mais son poison n'a pas d'effet sur moi.

Magma secoue la tête:

— Je n'ai rien vu. Tu racontes n'importe quoi!

Pénélope continue, imperturbable, tout en tenant sa tasse entre ses mains:

— J'ai consulté vos ordinateurs pendant que vous vous chicaniez. Il existe deux Krashmals qui ressemblent à une petite lueur rouge. Il s'agit de deux frères qui vivent en Allemagne, Kourosh et Brox. Le premier est en prison, donc nous avons eu affaire au deuxième.

— Tu n'as pas le droit de toucher à nos ordinateurs ! Tu n'es pas une Sentinelle !

— Brox a du venin au bout de son dard qui provoque la zizanie.

— La zizanie ?

— Oui. Son poison fait ressortir toutes les émotions négatives de sa victime. C'est pour ça que vous vous êtes tous disputés. Avec sa piqûre, Brox a décuplé les petits conflits qui vous opposaient déjà. La moindre cause d'irritation est devenue insupportable.

— Je ne te crois pas!

Sans avertissement, Pénélope lance le contenu de sa tasse au visage de Magma, qui est tout éclaboussé. Comme le Karmador avait la bouche ouverte, il avale une grosse gorgée du liquide. Il est hors de lui:

— Je vais t'apprendre à m'asperger, espèce de sorcière!

ϟϟϟ

Dans le bois, Fiouze se relève en entendant des pas. Quelle n'est pas sa surprise de voir s'approcher Gaïa!

— Que fais-tu là, vilaine Karmadore? Laissse-moi tranquille, je boude! Va promener tes antennes ailleurs!

Mais Gaïa n'est plus la douce personne que l'on connaît. Dans ses veines coule le venin de Brox!

– Krashmal de malheur! Je vais t'apprendre à te moquer de mes antennes!

Elle saute sur Fiouze, qui pousse un cri de surprise.

Fiouze tire les cheveux de Gaïa tandis

que celle-ci lui enfonce les doigts dans le nez. La Karmadore est tellement déchaînée qu'elle mord la main de Fiouze à pleines dents!

— Ouille! Tu es folle!

Gaïa poursuit son attaque avec une intensité qui terrifie le Krashmal. Ce dernier comprend qu'il ne pourra pas gagner ce combat, alors il s'enfuit en protégeant sa main meurtrie.

ϟϟϟ

À la ferme, Magma secoue la tête:

— Je… que s'est-il passé? J'étais en train de me disputer avec Mistral quand… pourquoi suis-je tout mouillé? On dirait que j'ai reçu une tasse de thé sur la tête!

Pénélope sourit:

— C'est une tisane que j'ai préparée avec un extrait d'amiralite, une plante qui vient du Brésil. C'est le seul remède connu contre le venin de Brox.

– Qui est Brox ?

– Un Krashmal qui t'a rendu très agressif. Tu étais sous l'effet de son venin et tu en as perdu le souvenir. Je t'ai fait ingurgiter l'antidote contre ton gré. Pardonne-moi, mais je n'avais pas le choix.

Magma est confus :

– J'étais sous l'influence des Krashmals ?

– Oui. Toutes les Sentinelles ont été affectées. J'étais tellement occupée à trouver un remède que je n'ai pas pu les empêcher de partir chacune de leur côté. Il ne reste plus que toi, ici.

Le Karmador soupire :

– Tout seul, je ne parviendrai jamais à repousser les attaques de Shlaq!

— Ne t'inquiète pas. Je vais préparer plus de tisane d'amiralite. Les Sentinelles pourront en boire à leur tour.

— Et si on ne réussit pas à les rejoindre?

— Il y a une autre solution: il faudrait que Brox perde connaissance. Dans votre ordinateur, il y a un rapport de Geyser qui explique que, si Brox est assommé, les effets de son venin disparaissent.

Chapitre 4

Dans le champ en face de la ferme, armé de ses jumelles, Shlaq constate le départ des Karmadors avec satisfaction :

– Lumina est partie en voiture, son crétin de frère s'en est allé à pied, et la Martienne aux antennes a disparu dans la forêt ! Parfait ! La voie est libre !

Le gros Krashmal transporte un sac de tissu sur son épaule. Il monte sur sa moto à pneus cloutés et se dirige vers la ferme.

ϟϟϟ

Dans la ferme, Magma utilise sa goutte pour joindre ses collègues :

– Magma appelle les Sentinelles ! M'entendez-vous ? Il faut absolument que vous retourniez au quartier général ! Vous êtes sous l'effet d'un poison et nous avons un antidote !

Mais personne ne répond. Magma pousse un soupir, découragé.

À côté de lui, Pénélope prépare de la tisane. On entend Mathilde et Xavier qui se chicanent à l'étage.

ϟϟϟ

Dans la maison du maire, Brox se pose au fond de l'évier. Il extrait de sa poche une paille microscopique et boit tranquillement une grosse goutte d'eau.

Fiouze entre par la porte de la cuisine en cajolant sa main meurtrie.

– Maintenant que j'ai démisssionné, je vais faire mon baluchon et quitter cette ville misérable!

Le Krashmal poilu remarque alors la lumière rouge de Brox:

– Ah, toi encore, vilaine pessste! À cause de toi, j'ai perdu mon travail! Je te détessste!

Furieux, Fiouze s'empare d'une spatule pour écraser Brox. Le Krashmal lumineux virevolte dans tous les sens pour éviter les coups.

La spatule siffle dans les airs. Fiouze est déchaîné. Brox tente de s'enfuir par la fenêtre, mais le Krashmal poilu le devance. D'un coup sec, Fiouze écrase la petite lumière rouge. Tchac! Brox tombe par terre, inconscient.

Dans son élan de rage, Fiouze ramasse le Krashmal miniature et le jette au fond de sa gueule. Il l'avale tout rond. Gloup!

— Tiens! Ça t'apprendra, sssale moussstique!

Soudain, Fiouze ouvre grand les yeux. L'effet du venin vient de disparaître!

Il se prend l'estomac, rongé par la culpabilité:

— Qu'est-ce que je viens de faire? Pauvre petit Broxxx!

ϟϟϟ

À la ferme, dans la salle de bain, Mathilde est en train de barbouiller son frère de dentifrice parce qu'il lui a lancé de la poudre à gratter. Les deux enfants crient et s'insultent.

Soudain, ils arrêtent de se battre. Le poison de Brox qui coulait dans leurs veines est neutralisé.

Mathilde fixe son frère, qui a les cheveux couverts de dentifrice. Elle éclate de rire. Xavier se relève en grommelant. Il n'a aucun souvenir des dernières minutes:

– Que se passe-t-il? On jouait aux dames dans ta chambre...

La fillette hausse les épaules:

– Je ne sais pas. Tu venais de gagner la partie et, tout d'un coup, on se retrouve ici. Et tu as du dentifrice dans les cheveux.

Elle se gratte la cuisse:

– Et j'ai l'impression que tu m'as aspergée de poudre à gratter!

ϟϟϟ

Shlaq débarque de sa moto devant la ferme. Il porte son sac sur l'épaule tandis qu'il monte les marches du perron. Le crâne chauve du Krashmal luit sous la pluie. Ce dernier ouvre la porte en donnant un coup de pied:

— Bonjour, les Sentinelles! Shlaq est venu chercher son trésor!

Le Krashmal fait un pas vers l'intérieur, mais il se heurte à un mur invisible. Il ne comprend rien et tente d'entrer de nouveau. En vain: une force insurmontable l'en empêche!

Pénélope vient accueillir son visiteur:

– Tu ne peux plus pénétrer ici, Krashmal. J'ai fait une invocation contre toi. Et tu sais très bien que tu n'as aucun pouvoir sur moi.

– Espèce de sorcière ! rugit la brute. Alors, tu ne crains pas Shlaq, hein ?

Derrière Pénélope, Magma apparaît, les bras croisés.

– Non, nous n'avons pas peur de toi ! lance le Karmador.

Shlaq éclate de rire :

– Ce n'est pas grave ! Shlaq a préparé un plan d'urgence. Le voici !

Le Krashmal jette son sac en tissu sur Magma. Le tissu s'éventre, et son contenu se déverse dans l'entrée. Une multitude de crapauds morts !

– Sacrack ! Viens ici ! Le dîner est servi ! hurle Shlaq.

On entend un bruit de succion. Pénélope pousse un cri de surprise : dans la boue devant le perron, un tentacule géant surgit. Suivi d'un autre.

Bientôt, huit pattes monstrueuses s'agitent sous la pluie et grimpent les marches. La pieuvre krashmale rampe vers la maison !

Magma pousse Pénélope vers la cuisine pour qu'elle soit en sécurité. Sur le seuil, le monstre dévore les crapauds morts sous le regard satisfait de son maître.

— Et maintenant, Sacrack, va me chercher le médaillon de la petite grenouille orange !

La pieuvre gigantesque pousse un rugissement qui donne froid dans le dos. Puisque sa grosse tête ne passe pas par le cadre de porte, la créature doit élargir l'entrée à l'aide de ses puissants tentacules. Crack !

Le monstre pénètre dans la maison avec fracas. Puis, à l'aide de ses bras visqueux, il glisse sur le plancher en direction de l'escalier. En s'accrochant aux

barreaux de la rampe et en cassant tout sur son chemin, Sacrack monte les marches pour se rendre à la chambre des enfants.

Mathilde et Xavier poussent un cri d'horreur en voyant l'abominable créature approcher.

Magma accourt vers eux. Il se retrouve derrière le monstre, ne sachant trop comment s'y prendre pour détourner son attention.

Sur le perron, Shlaq assiste à la scène avec un sourire mauvais :

— Tout seul, tu n'as aucune chance contre Sacrack !

— Il n'est pas tout seul ! lance Gaïa.

Le Krashmal regarde derrière lui. Gaïa, Mistral et Lumina sont de retour !

Magma est soulagé de voir ses amis :

— Bonjour, les Sentinelles ! Mistral et Lumina, allez sauver les enfants ! Gaïa et moi allons nous occuper de Shlaq!

– À vos ordres, chef! crie Mistral.

Sans hésiter, le Karmador blond prend sa sœur par la main:

– Prête? demande-t-il.

Il la soulève à bout de bras. Puis il utilise son supersouffle pour lui permettre de s'envoler jusqu'à l'étage. La Karmadore atterrit sur le balcon de Mathilde. Les enfants la rejoignent.

– Accrochez-vous à moi! dit Lumina.

Mathilde et Xavier ne se font pas prier. Ils serrent la Karmadore comme si elle était une bouée de sauvetage. C'est alors que Lumina se jette dans le vide!

Mistral utilise son supersouffle pour ralentir leur chute. Ils atterrissent en douceur, comme s'ils étaient faits en papier.

ϟϟϟ

Pendant ce temps, Gaïa sort un petit sac de sa poche. Elle le lance sur Shlaq. Le Krashmal est aspergé de poudre.

— Pas encore de la poudre à gratter! s'inquiète le Krashmal, qui garde un mauvais souvenir de sa dernière rencontre avec les Karmadors.

— Non, encore mieux! sourit Gaïa.

— C'est de la poudre d'acier! précise fièrement Magma. Tu en es maintenant couvert, sacré chanceux!

Le Krashmal comprend qu'il est dans de sales draps.

— Vous n'oseriez pas! rugit-il, plein de menace.

– Oh oui, nous allons oser! répond Magma.

Le Karmador fixe son adversaire en se concentrant sur les particules métalliques qui le recouvrent. Comme il a le pouvoir de chauffer le métal, Magma transforme chaque particule en petit tison ardent.

Le gros Krashmal hurle en dansant sous la pluie:

– Ça brûle! Aïe! Ouille!

Sans demander son reste, Shlaq saute sur sa moto et s'enfuit en faisant crisser ses pneus. Il laisse derrière lui une traînée de fumée et une odeur de brûlé.

ϟϟϟ

À l'intérieur, la pieuvre géante fracasse les murs et les meubles alors qu'elle cherche la fillette. Dans la cuisine, Pénélope termine une concoction spéciale, qu'elle enveloppe dans un papier essuie-tout. Elle s'adresse à Magma:

– J'ai préparé quelque chose pour neutraliser le monstre!

Elle donne son paquet à Magma, qui se tourne vers Mistral:

– Tiens. Je te laisse lui administrer son médicament.

Le Karmador blond accepte sans hésiter et fait signe à sa sœur de le suivre. Les jumeaux montent rejoindre la pieuvre géante.

En haut, Sacrack est en train de mettre la chambre de Mathilde à l'envers. Mistral siffle pour attirer l'attention de la créature:

– Eh! Sale bête! Le dîner est servi!

La tactique fonctionne. La tête du monstre affamé apparaît à la porte. Lumina en profite pour l'éblouir grâce à son rayon lumineux. La pieuvre, aveuglée, ouvre la gueule et pousse un râle de douleur.

Mistral souffle pour propulser le paquet de Pénélope directement au fond de la gorge de Sacrack, qui l'avale bruyamment.

Après quelques secondes, le monstre devient tout mou. La mixture de Pénélope a produit son effet!

Chapitre 5

Gaïa et Magma placent la pieuvre inconsciente dans un conteneur spécial. Puis ils l'envoient au laboratoire zoologique des Karmadors pour qu'elle soit étudiée.

Les Sentinelles sont à table, en famille. Tout le monde mange avec appétit.

— J'espère ne plus jamais voir de pieuvre de ma vie! lance Mistral, en avalant une grosse bouchée.

Lumina secoue la tête:

— Est-ce que quelqu'un peut m'expliquer ce que je faisais dans ma voiture, au juste ? Je me rappelle que tout le monde se disputait, puis j'ai vu une lumière rouge et je me suis retrouvée au volant.

Magma se racle la gorge :

— Pénélope m'a raconté que nous avons tous été victimes d'un Krashmal du nom de Brox. Il a la taille d'un moustique, et son venin a eu sur nous un effet... dévastateur. Nous n'avons aucun souvenir de ce que nous avons dit ou fait quand nous étions sous l'emprise du venin. Et je crois que c'est aussi bien comme ça.

— Qui devons-nous remercier de nous avoir guéris ? s'enquiert Lumina.

Pénélope sourit :

— Pas moi. Je crois que Brox a dû avoir un petit accident.

Gaïa grimace :

— En tout cas, j'ai un mauvais goût dans la bouche. Je me demande ce que j'ai pu me mettre sous la dent pendant cette mésaventure !

ϟϟϟ

Dans la maison du maire, Fiouze fouille dans tous les placards de la cuisine pour trouver de la nourriture. Il ouvre des conserves de fruits et de légumes, qu'il mange goulûment.

Shlaq s'enduit le corps de pommade pour guérir ses multiples brûlures. Il regarde Fiouze, dégoûté :

– Pourquoi manges-tu ces horreurs ? Ce n'est pas de la nourriture digne d'un Krashmal !

– Jussstement ! Je veux me rendre malade !

– En ce qui concerne Shlaq, tu peux digérer Brox. Ce Krashmal ne mérite pas mieux !

Fiouze secoue la tête :

– Oh non, votre altessse ! Je ne sssuis pas un asssasssin !

Le Krashmal velu avale les réserves du maire Frappier. Soudain, après avoir mangé une tablette de chocolat, il devient pâle. Il court dans la salle de bain en poussant un râle.

Fiouze revient quelques secondes plus tard, tout content, en tenant dans sa main le corps éteint de Brox :

– Ç'a marché! J'ai vomi Broxxx! J'ai vomi Broxxx!

Shlaq soupire :

– Maintenant qu'il est vivant, Shlaq va devoir le payer pour ses services! Stupide assistant!

ϟϟϟ

À la ferme, pendant le repas, Magma soulève un point important :

– Shlaq a clairement dit qu'il voulait le médaillon de Mathilde. Cela explique bien des choses.

La fillette serre son pendentif, inquiète:

– Qu'est-ce que ça veut dire?

– Maintenant, on comprend mieux les actions des Krashmals, poursuit Gaïa. Tout ce temps, ce n'est pas à toi qu'ils en voulaient. Pour une raison qui nous échappe, ils cherchaient à te voler ton bijou.

— C'est pour ça que tu t'es retrouvée avec la main de Fiouze autour du cou, l'autre fois ! s'exclame Xavier.

Mathilde grimace :

— C'est bien beau, mais ça ne me rassure pas pour autant. Je tiens à mon médaillon ! Je ne veux pas m'en séparer !

— Il va falloir faire des recherches à son sujet, dit Magma. Pénélope, que sais-tu de ce bijou ?

— C'est un cadeau de son père, qui le tenait de son propre père. Il a appartenu à des ancêtres karmadors. Je n'en sais pas plus.

Les deux enfants se redressent en entendant ces paroles :

— Nous avons des Karmadors dans la famille ?

Pénélope sourit :

— Oui. Mais c'était il y a plus d'un siècle. Quand j'aurai fini le ménage de mes vieilles boîtes de livres, au sous-sol, je vous montrerai la gravure d'un de vos aïeux : un Karmador du nom de Pyros.

ϟϟϟ

Dans la maison du maire, le robot astique le plancher en silence. Fiouze a installé Brox inconscient dans une soucoupe, sur le comptoir de la cuisine. Lentement, le petit Krashmal recommence à briller. Il se réveille !

– Ah, je sssuis content que tu reviennes parmi nous, Broxxx !

Le Krashmal miniature pousse plusieurs jurons en allemand que Fiouze ne comprend pas. Puis il s'envole par la fenêtre.

Attiré par les cris de Brox, Shlaq arrive dans la cuisine. Fiouze sourit bêtement:

– Je crois qu'il est un peu fâché de sss'être fait manger. Hélasss, je ne comprends rien à ce qu'il raconte.

Shlaq a un sourire méchant:

– Il a dit qu'il t'en voulait mortellement et qu'il allait revenir pour se venger. Et maintenant, prépare un repas pour Shlaq. Il a faim!

Fiouze frémit en regardant la lueur rouge de Brox disparaître dans la nuit:

– Sssaleté! J'aurais dû le digérer!

ϟϟϟ

À la ferme, tandis que tout le monde est couché, Xavier n'est pas capable de s'endormir. Il descend au sous-sol, armé d'une lampe de poche. Il fouille dans les boîtes de livres.

Au bout d'une heure, le garçon a trouvé des grimoires sur les herbes médicinales, des dictionnaires amérindiens, des livres d'histoire, des répertoires, des encyclopédies, des bestiaires, bref, tout sauf un livre qui parle de ses ancêtres karmadors.

Xavier est exténué. Il décide de retourner se coucher. Mais avant, il ouvre une malle empoussiérée. Celle-ci ne contient que de vieux souvenirs amérindiens. Déçu, le garçon donne un coup de pied dans la caisse. Un déclic se fait entendre.

Sur le côté de la malle s'ouvre un petit compartiment secret. Intrigué, le garçon inspecte la cavité. Il y trouve un vieux journal, relié de cuir. Sur la jaquette, il remarque une gravure représentant un objet qui ressemble étrangement au médaillon de Mathilde.

Fasciné, Xavier ouvre le journal. Il sourit en lisant le titre: Journal de Pyros. 1871.

Satisfait, il retourne dans sa chambre avec sa précieuse découverte.

Table des matières

Dans le prochain numéro...

L'aventure de Pyros

Dans une petite ville, quatre Karmadors protègent les citoyens contre les méchants Krashmals. Ce sont les Karmadors de la brigade des Sentinelles !

Xavier met la main sur le journal de Pyros, l'un de ses lointains ancêtres... qui était un Karmador !

Le journal, écrit il y a presque 150 ans, explique comment des Krashmals ont réussi à subtiliser une petite quantité d'eau de Kaboum. On a alors chargé Pyros de retrouver les voleurs. Le Karmador est monté sur Pégasus, son cheval volant, et s'est rendu au Far West, le pays des cowboys et des hors-la-loi.